AF346489

Vente du Jeudi 26 Mars 1874

HOTEL DROUOT, SALLE N° 1

———— ⸰⸰⸰ ————

BELLE COLLECTION

D'OBJETS D'ART

BRONZES IMPORTANTS

————————

COMMISSAIRE-PRISEUR	EXPERT
Me CHARLES OUDART	M. L. BLOCHE

CONDITIONS DE LA VENTE.

Elle sera faite au comptant.

Les acquéreurs payeront *cinq centimes par franc,* en sus des enchères, applicables aux frais.

———

L'Exposition mettant les Adjudicataires à même de se rendre compte de l'état et de la nature des objets, il ne sera admis aucune réclamation une fois l'adjudication prononcée.

CATALOGUE

D'UNE BELLE COLLECTION

D'OBJETS D'ART

BRONZES IMPORTANTS

DES XVe, XVIe, XVIIe ET XVIIIe SIÈCLES

MEUBLES DES ÉPOQUES DE LA RENAISSANCE
LOUIS XIII, LOUIS XIV ET LOUIS XVI

BELLES TAPISSERIES DES GOBELINS

MARBRES, TERRES CUITES

PORCELAINES ANCIENNES DE SAXE ET DE CHINE

BRONZES D'AMEUBLEMENT, OBJETS EN ARGENT
IVOIRES, CUIVRES, TABLEAUX

Dont la vente aura lieu

HOTEL DROUOT, SALLE N° 1

Le Jeudi 26 Mars 1874, à 2 heures 1/2

COMMISSAIRE-PRISEUR | EXPERT

Me CHARLES OUDART | **M. L. BLOCHE**

31, rue Le Peletier | 3, rue du Helder

Chez lesquels se trouve le Catalogue

EXPOSITION PUBLIQUE

LE MERCREDI 25 MARS 1874

DÉSIGNATION

BRONZES D'ART

1. — *Hercule combattant le taureau.*

Important groupe en bronze d'une exécution remarquable,
de l'époque *Louis XIV*. (Belle patine rouge.)
Largeur de la base : 0m,58 cent. Haut. : 0m,56 cent.

2. — *Hercule combattant un Centaure.*

Groupe en bronze d'une admirable exécution, de l'époque
Louis XIV. (Belle patine rouge.)
Largeur de la base : 0m,43 cent. Haut. : 0m,64 cent.
Pendant du précédent.

3. — *Buste de l'impératrice Catherine de Russie.*

Très-beau bronze du temps, exécuté d'arprès un modèle de
Falconnet, et sous sa direction, monté sur un joli fût de colonne
en marbre blanc à rainures et offrant un bas-relief en bronze,
représentant *les Amours artistes et géographes*.

Hauteur : 0m,52 cent.

4. — *Hercule et Antée.*

Beau groupe en bronze. Travail italien du xvie *siècle*.

Hauteur : 0m,58 cent.

5. — *Vénus*.

Grande et belle statue en bronze du xvie *siècle*, montée sur un socle en marbre rouge, garni d'ornements en bronze doré.

Hauteur : 0^m,63 cent.

6. — *Satyre surprenant une Nymphe endormie*.

Très-beau groupe en bronze, du xvie *siècle*, d'une exécution remarquable.

Largeur : 0^m,45 cent.

7. — *Hercule et Antée*.

Beau groupe en bronze. Travail français du xvie *siècle*.

Hauteur : 0^m,40 cent.

8. — *L'Amour attentif*.

Charmant bronze de l'époque *Louis XVI*, monté sur fût de colonne en malachite garni de bronze doré.

Hauteur : 0^m,49 cent.

9. — *Statuette en bronze du* xvie *siècle*.

10. — *Le Gladiateur expirant*.

Bronze du xvie *siècle*, sur socle en marbre blanc.

11. — *Mars et Minerve*.

Deux bustes en partie dorée, beau travail du xve *siècle*, montés sur base en marbre.

12. — *Le Fidèle*.

Statuette en bronze, du xviie *siècle*, sur socle en marbre.

13. — *L'Enlèvement des Amours.*

Groupe en bronze doré, composé de deux figures, de l'époque *Louis XIV,* élevé sur chapiteau et provenant sans doute d'un chenet.

14. — *Cérès.*

Statuette en bronze doré, annonçant par sa coiffure l'époque de l'Empire, mais que nous attribuons plutôt à l'époque *Louis XVI.*

15. — Statuette de femme assise, en bronze doré, sur un rocher en marbre blanc.

16. — *Médaillon* en bronze ; portrait de Philibert Delorme.

BRONZES D'AMEUBLEMENT

17. — Belle Garniture de cheminée en bronze doré, époque *Louis XVI*, composée d'une pendule et deux flambeaux. La pendule, forme monumentale, est couronnée par un vase, ornée de chaque côté de mufles de lions retenant des guirlandes de laurier finement ciselées. Les flambleaux sont agrémentés de feuilles de choux, de palmes et d'ornements.

18. — Paire de jolis Flambeaux en bronze doré, de l'époque *Louis XVI*, modèle à rainures et feuillages finement ciselés.

19. — Pendule en bronze, époque *Louis XVI*, représentant des enfants et des colombes.

20. — Paire de Vases en bronze du Japon, offrant autour de la panse des oiseaux et des fleurs en haut-relief et rehaussés d'or.

21. — Vase de grande dimension en bronze du Japon, de l'époque primitive (patine verte), offrant au pourtour des saillies et des ornements en bas-relief.

22. — Lampe romaine en bronze, supportée par une statuette d'Apollon élevée sur trois Chimères. (Patine verte.)

MEUBLES

23. — Beau Meuble de forme très-pure, en bois de violette, époque *Louis XIV*, garni de bronzes dorés finement ciselés du temps.

24. — Belle Table de milieu, en marqueterie de bois, époque *Louis XIII*, à pieds torses.

25. — Joli Bureau de dame, en bois de rose garni de bronzes dorés, époque *Louis XVI*.

26. — Cabinet élevé sur table, orné d'incrustations d'ivoire. Travail italien.

27. — Six Chaises de l'époque *Louis XIII*, couvertes en tapisseries, représentant des petits personnages, garnies de franges et de clous ciselés.

28-29. — Deux Fauteuils, époque *Louis XIII*, en tapisserie à personnages.

30-31. — Deux Fauteuils couverts en tapisserie, de l'époque *Louis XIII*.

32. — Petit Cabinet italien de la *Renaissance*, décoré d'ornements, offrant à l'intérieur des tiroirs et des colonnes en lapis lazuli.

33. — Coffret italien de la *Renaissance*, à dos d'âne, décoré
d'ornements.

34. — Beau Bureau en marqueterie, garni de bronzes dorés,
époque *Louis XIV*, garni de tiroirs à l'intérieur.

35. — Joli Meuble s'ouvrant à deux battants garnis d'anciens
panneaux en laque fond noir à rehauts d'or, et
garni de bronzes dorés.

36-37. — Deux Encoignures, époque *Louis XVI*, représentant des sujets en marqueterie, garnies de bronzes
dorés.

38. — Bureau portugais à étagères et pieds torses, de l'époque *Louis XIII*.

39. — Encoignure à étagère en palissandre et bois rose.

40-41. — Deux Chaises portugaises, époque *Louis XIII*,
garnies en cuir gaufré et entourées de clous polis.

42. — Crédence en bois de noyer, époque de la *Renaissance*.

43. — Meuble à deux corps en noyer, époque de la *Renaissance*.

44. — Meuble en bois sculpté, style *Henri II*.

TAPISSERIES

45. — Série de trois belles Tapisseries de l'époque *Louis XIV*, de la fabrique des *Gobelins*, avec bordures lamées d'argent.

> La première représente : *Moïse sauvé des eaux.*
>
> La seconde représente : *Moïse faisant tomber des alouettes.*
>
> La troisième représente : *Daniel dans la fosse aux lions.*

46. — Série de trois jolies Tapisseries de l'école de Fontaine-bleau, représentant des enfants prenant leurs ébats.

47-48. — Deux Tapisseries dites *verdures* de Bruges.

MARBRES, TERRES CUITES

49. — *Les Amours.*

Charmant groupe de deux figures en marbre, par Carrier-Belleuse.

50. — *Rembrandt.*

Buste en marbre, par Carrier-Belleuse.

51. — *Albert Durer.*

Buste en marbre, par Carrier-Belleuse.

52. — *La Fileuse.*

Buste en marbre.

53. — *La Rieuse.*

Buste en marbre.

54. — *La Confidence.*

Groupe en terre cuite, composé de deux muses, par Carrier-Belleuse.

55. — Buste de jeune femme en terre cuite, par *Carrier-Belleuse.*

56. — Buste de jeune femme en terre cuite, par *Carrier-Belleuse.*

PORCELAINES

57. — Très-belle Garniture en ancienne porcelaine de Chine.
de la famille verte, composée d'un vase de milieu
avec couvercle et de deux cornets. Forme gracieuse
à pans, décor à constructions chinoises et à fleurs
en couleur rehaussées d'or, sur fond partie verte,
partie bleue. Aux cols se détachent des lambrequins
fond lilas.

Marque au cachet rouge carré de la bonne époque.

58. — Paire de jolis Vases en ancienne porcelaine de Chine,
décor fond noir, agrémenté de fleurs en couleur,
sur traits déliés, et offrant chacun deux médaillons
en éventail à personnages réservés en couleur sur
fond blanc, et deux médaillons à fleurs. Montés en
bronze doré.

Qualité rare.

59. — Deux beaux Vases en ancienne porcelaine de Chine,
de la famille verte, décorés d'oiseaux perchés sur
des rochers émaillés de superbes pivoines en couleur. Les cols sont ornés de bouquets détachés.

60. — Très-jolie Garniture de cheminée en porcelaine de Saxe,
époque *Louis XV.* La pendule offre un groupe, sujet

mythologique, couronné par un cartel et entouré de branchages et de fleurs en porcelaine de Saxe et de Sèvres. Monture en bronze doré, finement ciselée. Les deux candélabres, dans le même goût, sont à deux lumières et présentent des statuettes de joueur de tambourin et de chanteuse ambulante.

61. — Vase en ancienne porcelaine de céladon, forme balustre, anses à trompes d'éléphant. fond bleu turquoise, marbré sous couverte.

62. — Oiseau perché sur un tronc d'arbre, en ancienne porcelaine de Saxe.

63. — Brûle-parfums en ancienne porcelaine de Chantilly, formé par un groupe d'arbres et de fleurs.

64. — Statuette d'enfant assis et tenant des fruits, en ancienne porcelaine de Saxe et montée en bronze doré.

65. — Paire de Vases en ancienne porcelaine de l'Inde, à anses, décor médaillons à mandarins, sur fond à semis d'ornements et polychrome.

66. — Grand Vase à couvercle en ancienne porcelaine de l'Inde, décoré de médaillons à personnages rehaussés d'or.

67. — Paire de Vases en ancienne porcelaine de l'Inde, décor à mandarins et ornements en polychrome.

CURIOSITÉS DIVERSES

68-69. — Deux jolies Statuettes en argent du xvie *siècle*, représentant des figures allégoriques de *la Guerre* et de *la Paix*. Montées sur socles en cuivre décoré.

70. — Petite Horloge en cuivre gravé à quatre faces, époque *Louis XIII*.

71. — Joli Plat rond en cuivre argenté et repoussé, offrant au centre un médaillon : *Daphnis et Chloé;* marly à inscription et mascarons au milieu d'ornements. Bords à fleurs de lis. Travail de l'époque *Louis XIII*.

72. — Grande Coupe creuse sur piédestal en cuivre repoussé, de l'époque *Louis XIII*, offrant au pourtour des bandes à animaux et des frises à ornements et feuillages.

73. — Beau Bas-relief en ivoire, représentant un sujet mythologique à quatre personnages. Travail italien du xvie *siècle*.

74. — Taureau en faïence de Portugal.

75. — Perroquet en faïence de Portugal.

76. — Écritoire formée par une sphère.

77. — Livre allemand monté en vermeil.

TABLEAUX

78-79. — Quatre beaux Panneaux décoratifs, sujets de chasse, d'après *Desportes*.

80. — Ruines et paysage animés de personnages, dans le genre de *Panini*.

81. — Objets omis au catalogue.

PARIS. — J. CLAYE, IMPRIMEUR, 7, RUE SAINT-BENOIT. — [545]